KB168602

술 취한 바람을 보았다

황금알 시인선 80
술 취한 바람을 보았다

초판인쇄일 | 2013년 12월 17일
초판발행일 | 2013년 12월 31일

지은이 | 김시탁
펴낸곳 | 도서출판 황금알
펴낸이 | 金永馥
선정위원 | 마종기 · 유안진 · 이수익 · 문인수
주 간 | 김영탁
편집실장 | 조경숙
표지디자인 | 칼라박스
주 소 | 110-510 서울시 종로구 동숭동 201-14 청기와빌라2차 104호
물류센타(직송 · 반품) | 100-272 서울시 중구 필동2가 124-6 1F
전 화 | 02)2275-9171
팩 스 | 02)2275-9172
이메일 | tibet21@hanmail.net
홈페이지 | http://goldegg21.com
출판등록 | 2003년 03월 26일(제300-2003-230호)

ⓒ2013 김시탁 & Gold Egg Publishing Company Printed in Korea

값 8,000원

ISBN 978-89-97318-62-9-03810

*이 책 내용의 전부 또는 일부를 재사용하려면 반드시 저작권자와 황금알
  양측의 서면 동의를 받아야 합니다.
*잘못된 책은 바꾸어 드립니다.
*저자와 협의하여 인지를 붙이지 않습니다.
*이 책은 (재)경남문화예술진흥원으로부터 제작비 일부를 지원 받았습니다.

술 취한 바람을 보았다

김시탁 시집

황금알

다정한 눈길 한 번 없는 시를

짝사랑하며 살아가는 것

참 측은하다

그렇다고 떠나서 살 자신도 없다

맨얼굴이라도 보고 싶어 찾아가면

늘 부재중이다

그를 끌어안고 뒹굴다가 까칠한

새끼 하나 쳤으면 하는 발칙한 욕망이

유일하게 나를 발기시킨다

수음 중인 나를 달빛이 비췄다

너무 밝아서 덜컥 눈물이 났다

차 례

1부 아버지의 말뚝

2부 둥근 것들에 대한 예찬

3부 술 취한 바람을 보았다

4부 도시의 새들

1부

아버지의 말뚝

박

간밤에 시골집 지붕 위로
달이 떨어졌다
아버지가 새끼줄로 달을
꽁꽁 묶어 놓았다
밤새
온 집안이 환했다
새벽에 일어나 보니 달은 없고
달이 알을 낳아 놓았다
밤새 품어 체온이 식지 않아
김이 모락모락 나고 있었다
박꽃들이 이슬에 젖은 알을
슥슥 닦아줬다
그때 알이 잠깐 꿈틀거렸는데
달 냄새가 났다

들깨를 털며

푸른 천막을 깔고 들깨를 턴다
마른 대궁을 작대기로 두드리면
사방으로 튀는 하얀 들깨들
총총하게 여문 새들의 눈알

껍질을 깨고 어둠을 뚫고
씨앗이 되고 열매가 되기 위해
공중으로 대지로 바다로 날아가
산란하는 대구의 알들

비바람 찬 이슬 고스란히 받고
까칠한 피부는 군살만 남아
사정없는 몰매에 뼈대가 부러져도
툭툭 화두처럼 내던지는 사리 같은 살점들

폐부 깊숙이 와 박히며
지독하도록 고소하게 쏟아내는
끈적끈적하고 기름진 상처

비명도 없이 땅바닥을 뒹구는
작고 단단하고 둥근
위대한 생산의 집

장 구경

요맬 요고는 울맨교
찔죽한 등끌릉거 저거는
그라믄 요고 뺀또뚜껠 만한 접새기는
가풀떼기 빨래판때기는
머시 모도 우리 집께보다 비싸네
우리 집께보다 택도읍시 비싸구마

시골 노모께서 장 구경 가자기에
도시 장 구경 한번 하고 싶다기에
모시고 오일장 서는 상남동 재래시장 갔더니
시골장보다 훨씬 큰 규모에 놀라 이리저리
다니시며 이것저것 만지고 물으신다

쩌그 무꾸꾸래미 울매유
알고 간띠 떨어지것다
그라믄 쪼맨 방티에 담아 논 다마내기는
배때기 발래 논 매래치는
덴뿌라 지름은, 알고 그라문
고그 모구장치럼 구영 뚤랜 진팔 난닝구는

마크 우리 집께보다 비싸네 비싸

쎄빠지게 감재 한 가말 팔아야
여그선 몸빼 하나 사 입으믄 고말쎄
머시든 우리 집께가 싼겨 하며
고무다랄 하나만 사모 소대가리만 한
나이롱 바가지는 걍 낑가주는디 여그는 택도읎네
애비야 가자 코빼가것다 언릉 가자

이문만 냄겨 처묵는 도둑눔들
얼릉 가자 우리 집께 가서 사지 마한다꼬
간띠 쳐 붓지 않고서야 여그서 사것노
맹 같은 긴데 우째 절케 비싸노
가자 에미도 얼릉 가자

팔순을 넘기신 노모는 얼른 걸음을 옮기셨다
당장 우리 집께로 가기라도 하실 기세다
허리가 기역자로 굽은 노모의 모습이 너무 야위고 초
라해

눈길을 돌리는데 바람이 장터 바닥 흙먼지를 날렸다
눈이 매워 왔다

아버지의 말뚝

고추대궁을 뽑다 보니 알겠다
고추가 묶인 말뚝이 헐렁하다는 것을
언제부턴가 아버지는 힘겹게 말뚝을 박으셨다
땅심 좋은 텃밭의 흙도 제 속 깊숙이
아버지의 말뚝을 받아들이지 못했다

서리 맞고 탄저병에 찌든 끝물 고추는
위태하게 아버지의 말뚝에 매달린 채
작은 바람에도 흔들리고 있었다
한 손으로 잡고 흔들자 쑤욱 뽑히는 아버지
구부정하게 굽은 생이 말뚝에 묶여 있었다

뽑힌 말뚝을 경운기에 실었다
달그락거리며 아버지의 뼈대가 부딪히는 소리
힘겨워도 자신을 박아 보호했던 희망이
앙상하게 마른 채 실려 나갔다

세상에 숱하게 말뚝을 박았고
세상에 가장 강한 말뚝을 박았던 아버지

이제는 말뚝을 박을 힘이 없을 때
말뚝을 박지 않고 제초제를 마셨다

젊은 의사의 심폐소생술도
아버지를 깨어나게 하지 못했고
아버지는 삭은 말뚝처럼 툭 부러졌다
안동병원 영안실
아버지는 곧은 말뚝으로 누우셨다

굽은 허리가 굳어 한 번도 등을 눕히지 못했는데
오동나무 관속에서 제대로 등을 눕히셨다
세상의 아무것도 묶지 않은 굵은 말뚝 하나가
덜컥 내 가슴 명치 속으로 깊숙이 박혀왔다

자반고등어

등 푸른 자반고등어
석쇠 위에 놓여 있다
막소금에 저려 익고 있는 바다
자르르 기름 흘리며 돌아눕는 파도

아버지는 바다였다
파도였고 등대였다
등대는 꺼져 있고
바다는 캄캄하다

아버지는 돌아누웠다
캄캄한 밤 고등어를 굽는다고
아버지가 돌아올까
자꾸 고등어를 뒤집는다고
파도가 일어날까

고등어는 익고
험난한 동해바다도 익고
그물에 걸린 파도도 익는다

서쪽 하늘 피멍든 노을도 익어서
재가 되겠지 재가 되고 말겠지

잿불 위로 아이 하나가 오줌을 갈긴다
달빛 사이로 막소금이 쏟아진다
온 지천으로 메밀꽃 만발한다
덜컥 눈물이 났다

틀니

할머니는 모종삽으로 텃밭에 틀니를 심었다
거름 대신 서산 너머로 미끄러지는 노을빛을 몇 바가지
퍼 넣고 흙을 덮었다
할머니의 여윈 생이 파종되었다
할머니는 날마다 요강에 받은 오줌을 텃밭에 뿌렸다
부옇게 김이 올라왔고 사람들은 쑥덕거렸다
할머니는 틀니가 싹트길 기다리며 노을을 등지고 앉아
뻐끔 담배를 빨았다
할머니의 구부러진 생의 꼬리뼈가 야금야금 한 모금씩
타들어 갔다
목 잘린 수숫대 같은 메마른 생이 소슬바람에도 흔들
렸다
가끔 아버지가 수숫단을 안고 방으로 들어가면
따라 들어온 달빛이 먼저 까칠한 홑이불 위로 누웠다
문지방을 넘는 달빛을 향해 삽살개가 짖었고
나는 고무신을 집어 던졌다
검정 고무신은 모조리 개집 앞으로 날아가 있었다
개는 밤새도록 까마귀고기를 물어뜯었다
오래 삭은 할머니의 신발이 먼저 뜯겨 나갔고

아버지가 어머니가 뜯겨 나갔다
먹물 같은 어둠이 걷히고 허연 새벽이 왔을 때
소리 없이 텃밭으로 나간 할머니는 농약을 마셨다
아버지는 새벽이슬에 젖어 축 늘어진 할머니를 관에
넣으시며
텃밭의 흙도 한 삽 떠 넣었다
지린내 나는 흙 묻은 할머니의 틀니도 함께 넣었다
할머니의 제사상을 물리신 어머니가 틀니를 빼내어 찬
물에 씻고 있다

공복

압력밥솥에 아버지가 있다
주걱으로 뜰 수 없어
숟가락을 들지 못한다
공복이다

밀가루 반죽 속에 어머니가 있다
어머니를 뜯어 끓는 냄비 속에 던질 수 없어
숟가락을 들지 못한다
공복이다

아내가 압력밥솥 뚜껑을 열고
아버지를 퍼서 식탁에 올린다
머리가 하얀 아버지가 한숨 쉬며
공기밥 그릇 속에 앉아 있다

숟가락을 꽂았더니 살이 깊다
삽날을 깊이 받는 좋은 땅심이다
훅! 땅냄새가 났다
결국 숟가락을 떨구고 만다
공복이다

호박 1

뙤약볕 비바람 고스란히 맞아
피부 거칠고 굳은살 늘어도
한 번도 제자리 이탈하지 않더라

바람 불 때 이파리로 슬쩍 뒤를 훔치는지
잠깐 들었다 놓는 듯 펑퍼짐한 엉덩이가
슬픈 밑동 넓은 여자

뚝 따서 품 안에 안아보면 무슨
큰 죄라도 짓는 듯해
생각도 데굴데굴 굴러가는
골 깊고 속 넓은 여자

누렇게 익은
늙은 여자

호박 2

생각은 골백번도 더 굴러 내렸다

비탈에 퍼질러 앉은 생이 근질거려
엉덩이를 들썩들썩 몇 번인가 들었다 놓고
속은 타고 말라서
텅 비었다

이제 누가
골빈 생을 거두어다오

뚝 따서
겉과 속이 다른 나를
가져다오

호박 3

엉덩이를 가르고
내장을 후벼 파내고
댕강댕강 잘라낸 살을
중탕기 속으로 집어넣고
푹 고아 먹으면 부기가 빠진다네

내 살과 뼈와 피와 눈물이
중탕기 속에서 200도의 열기로
펄펄 끓고 나서 엑기스로 뽑혀
퉁퉁 불어터진 너의 부기를 뺀다네

비닐 팩 속에 담겨
부은 살들에게 배달되기 위해
수신자 부담 택배 박스에 차곡차곡
슬프도록 따스하게 몸을 포개는
너는

온 여름내 담벼락에 매달려
몸 불려 여문 것이 한이었구나

서러운 운명을 말이라도 해보려고
넝쿨 줄기마다 그리도 꽃을 달았구나

춘양역

철길 가로 코스모스 피어있다
도회지가 빼앗아 간 빈혈의 추억처럼
붉게 피어 흔들거리고 있다

떠나간 자 있어도 돌아올 자 드문
춘양역 대합실
사람의 체온이 그리운 낡은 의자에는
오후의 시린 햇살이 앉아
날짜 지난 신문을 뒤적인다

역사로 실려 온 낯선 바람은
역무원의 깃발을 흔들고
선로 가의 등 굽은 노송은
그리움 쪽으로 뻗어놓은 팔을 거두듯
스스로 낡은 가지를 떨구어낸다

춘양목 가득 실어 나르던 열차는
노을만 퍼 담고 달리다가 노을 속으로 사라지고
송진 향 짙은 그리움을 짐칸에 싣던 인부는

삭정이처럼 스러져서 가슴에 옹이만 남아있다

이제 더 실어 보낼 꿈과 희망이 없어도
면소를 휘감듯이 열차가 들어서면
세상의 춘양사람들이 역 쪽으로 고개를 돌리는 건
그리움의 고향, 추억의 종착역이
춘양역이기 때문이다

송이버섯 1

산 아랫도리를 더듬으며
터질 듯 발기된 희망으로 산을 오른다
훅, 숨이 막힐 듯 풍겨오는
밤꽃 향기 오!
불끈 일어나 앉은 숫총각
너를 딴다

새벽이슬에 말끔히 얼굴을 씻고
꼿꼿하게 솟아오른 자존감
만질수록 머리를 쳐드는
발칙한 욕망을 소쿠리에 담는다

송이버섯 2

밤이슬 흥건하게 맞으며
몸 불린다고 욕봤다
흙 뚫고 나오느라 이마가
헤졌구나, 욕봤다
그런데 어쩌랴, 이렇게 젖은 너를
맨손으로 만져서
불끈불끈 힘줄이 솟구치고
맥박이 빨라지는 너를
통째로 가져서

일치

따끈하게 말아먹거나 따로 먹을 수 있는
소고기 국밥 한 그릇은 8천 원이다
7년 만에 세상에 내놓는 내 시집 한 권의 가격과
일치했다

출간 소연으로 하필이면 국밥 한 그릇 어떠냐고
마음 트는 시인에게 전화가 와서 좋다고 답을 했다
생각이 일치했다

그가 국밥을 먹으며 시의 맛을 아느냐고 물었다
쇠심줄보다 질겨서 곱씹어도 맛을 모른다고 했다
헤진 잇몸과 망가진 이빨이 욱신거렸다
고개를 끄덕였다

입안으로 니미럴 니미럴 혀가 욕을 말아먹는데
참나무 장작불이 훨훨 타는 국밥집 가마솥에서도
씨펄씨펄 허옇게 욕이 끓고 있었다

교정

어깨가 결려
신체교정원에서
교정을 받는다
휘어진 척추 때문에
통증이 심하단다

목에서부터 엉덩이에 이르는 길이
구부정했다
자세가 바르지 못한 삶은
낯선 사람의 손길이 닿으면 아프다

손아귀가 억센 사내가
휘어진 생을 주물렀다

타인의 손에 맡겨져
교정받는 굴곡 많은 삶이
부끄럽다

마디마디
살아온 시간이 시리다

까칠한 희망

회사 부도내고 술 취해 들어온 아들에게
콩나물시루에 물 주던 노모가 말씀하셨다

"애비야 너무 상심 마라 물 다 빠져도 콩나물은 맹 큰께"

그날 밤 아들은
콩나물시루 속으로 들어가 물바가지를 머리에 퍼부었다
아침에 일어나 세수하는데 턱 주위로 콩나물이 수북이
돋아나 었었다
만져보니 까칠했다

면도기로 밀어버리기엔 아까운 희망이었다

2부

둥근 것들에 대한 예찬

간단한 일

장마 끝에 햇빛이 그리웠을까
비 그친 뒤 길바닥에 두꺼비 한 마리 나와 있다
골프장 가던 외제승용차가 경적을 울려도 꿈쩍 않는다
차를 세운 기사가 창문을 열고 소리쳐도 소용없다

대머리의 중년 사내가 차에서 내리더니
트렁크에서 골프채를 꺼내 든다
생전 처음 두꺼비의 몸이 공중으로 날아갔다
파편들이 논바닥에 떨어졌다
순식간의 일이었다

대머리 중년 사내의 입가로 미소가 번졌다
나이 샷! 이라고 캐디들이 외칠 때
그가 준엄하게 보여주던 미소였다

기사는 골프채에 묻은 피를 논물에 씻었다
차가 출발하자 그가 뒷좌석에서 말했다
간단하잖아!

10월

온 산천이 낮술에 취한 듯 벌겋다
산을 오르내리는 사람들 얼굴도 벌겋다
낯선 곳으로 몰려간 사람들이
말 트고 잔 건네기 좋은 계절이다

비만했던 저수지 붓기 빠져
늘어난 주름 사이로 억새는 눕고
감나무 가지 위에 걸터앉은 햇살
불어난 감 뱃살 더듬는 손길 분주하다

한낮은 높게 걸린 창공이 여백을 넓히고
해질녘 강물로 내려온 고단한 서산이 발을 담그면
대문을 열어놓은 집에서는 개가 짖고
10월은 까칠한 바람의 붓질로 풍경은 완성된다

말[言]의 장례

유세가 끝난 광장에는
무수한 말이 흩어져 있다
둥글고 모나고 뾰족한 말들
서로 뒤엉켜 나뒹굴고 있다

미처 침이 마르지 않은 말과
인쇄된 정교한 말을 환경미화원이
빗자루로 쓸고 있다

뾰족하게 튀어나온 말이
비닐부대에 담기며
구둣발로 무참히 차이고 짓밟힌다

한 때 저 말들은
거창하고 화려했었다
이제는 주인 잃고 갈 곳 없어
척추가 부러지고 내장이 터진 채
쓰레기수거차에 실려 간다

무책임한 공약과 허황한 희망이
분리수거 되어 소각당할 것이다
찬란했던 시절의 완벽한 폐기처분
조문객 하나 없는 말의 장례

여백

비 그친 오후
아직 채 마르지 않은 수채화 속으로
뿌려놓은 물감처럼 새떼가 날아간다
새가 날아가자 젖은 화선지가
쭉 찢어진다

찢어진 하늘은 회색이다
회색이 여백으로 남는 날은
안부가 그리운 사람에게
잔을 권하고 싶다

고즈넉한 저녁 강가에서
빛바랜 추억들을 건지면서
등 넓은 사람의 울음을 닮은
젖은 풍경 하나를 만들고 싶다

숱하게 세상의 강을 건너가고
세월의 다리를 주물러보면 알게 된다
잊을 수 없는 것들은 모여서 슬픔이 되고

슬픔이 많은 삶일수록 여백이 크다는 것을

젖은 풍경 속으로 날아간 새들이 돌아온다
돌아온다는 것은 잊지 않은 까닭이다
두텁게 덧칠된 사랑일수록 남겨둘 여백이
적은 것이다

용접

뜨거운 삶은 상처가 있다
찢어지고 부러진 상처가 있다
상처가 상처끼리 만나고 헤어지는 일
살과 뼈가 녹는 고통 없이는 안 될 일이다

산소절단기로 강철을 자르고
용접봉을 녹여 부러진 쇠들을 붙인다
생살이 타고 뼈가 녹는 비명소리
매캐한 연기가 나고 뜨거운 불꽃이 튄다

한 번도 자신을 녹여
찢어진 상처를 때워보지 못한
절단된 사랑을 이어보지 못한 용접공 김씨
조선소 갑판 위에서 용접을 한다

상처가 상처를 보듬는 일
낯선 상처끼리 접 붙는 일
제 살 녹여보지 않으면 모를 일이다

지렁이

비 그친 오후 포도 위로
지렁이가 기어 올라와
알파벳 같은 유서를 적어놓고
죽은 채 말라붙어 있다

뼈대 없는 가문에서 태어나
어둡고 눅눅한 세상에 갇혀
맨살로 꿈틀대는 생이 싫었을까
단 한 번이라도 하늘을 보고 싶었을까

의문부호처럼 둥글게 몸을 말아
마감한 지렁이의 주검을
개미떼가 수거한다
구불구불한 장례 행렬이 장엄하다

안구건조증

눈이 침침하고 뻑뻑하다
안구건조증이란다
하루에도 몇 번씩 하늘을 보며
인공눈물을 넣어야 한다

울 일 많은 세상에
펑펑 울면 좀 나아질까
세상의 모퉁이에 쪼그리고 앉아
어제도 울고 오늘도 운다

먼저 간 빈혈의 애인을 그리며
부도난 내 사랑을 생각하며
등 처먹은 세상의 멱살을 부여잡고
찔끔찔끔 운다
꺼이꺼이 운다

모래알이 박힌 듯
벌레가 들어간 듯
칙칙하고 뻐근한 이 느낌

눈곱이 끼여 앞이 흐릿한
내 시詩의 미래 같다

젖어 있는 듯하면서도 건조해
윤활유를 쳐야 하는 뻑뻑한 삶
만지고 비빌수록 도지는
안구건조증
안구건좆쯩!

봄날 아침

늦은 아침 식탁 위로 조팝꽃 피었다
아이가 숟가락으로 조팝꽃을 퍼먹는다
사기그릇에 담긴 취나물 뿌리내리고
이빨에 낀 봄을 아내는 이쑤시개로 빼낸다
이쑤시개 끝이 파랗고 발갛다

창밖으로 이름 모를 새 한 마리
찌익 물똥만 갈기고 날아가고
앞 동 베란다에 빨래 느는 여자는
입덧으로 헛구역질한다

조팝꽃 배불리 먹은 아이 겨드랑이가 가려워
온몸을 비틀 때마다 조팝꽃 향기가 난다
TV에서 날씨를 알리는 아나운서의 치맛자락이
유채꽃밭에서 불어온 바람에 화면 밖으로 휘날린다

아내는 식탁 밑으로 뿌리를 뻗어 내 뿌리를 더듬고
나는 움찔하며 자꾸 오줌이 마렵다
복도에서 물청소하는지 문을 열어보니

위층에서 쏟아지는 물줄기 요란하다

아!
그때 잠깐 헛것을 보았던가
눈부신 은빛 비늘
산란을 위해 강물을 거슬러 오르는 연어떼들

솜사탕

봄날 오후
놀이공원 잔디밭에서
구름을 만드는 할아버지

리어카 위에서
설탕을 녹여 만든 구름을
대꼬챙이에 끼워
이천 원에 판다

아이들이 구름을 먹고
둥둥 떠다닌다
아이의 부모들은 아이를 잡기 위해
분주하다

할아버지 눈에는
모두 구름 같다

바닥

낡은 구두 밑창 바닥에 가시가 박혀
발바닥을 찌른다
발바닥이 아프니 걸음걸이가 불편했다
새로 밑창을 가리고 나니 편안하다

아파트 베란다 화분에 물주고 나니
흙탕물이 흥건하다
배수구로 물이 빠지지 않기 때문이다
빗자루로 쓸어내니 깨끗하다

새로 들여놓은 안방 장롱은 짝 다리다
가구점 기사가 판자조각을 끼워 중심을 잡았다
딸아이의 몸무게는 측정할 때마다 제각각이다
고르지 않은 바닥 때문이다

바닥이 고르지 않으면 불안하다
제대로 놓여야 할 자리가 흔들린다
평평한 바닥에서부터 중심이 필요하다
중심이 잡히지 않는 삶은 어지럽다

방바닥에 엎드려 방을 닦던 아내가
바닥에 떨어진 것들을 줍는다
단추며 딸아이의 머리핀이며 머리카락이다
바닥에 엎드려야만 주울 수 있는 것들이다

바닥에 엎드려 가만히 바닥을 만져본다
밑바닥이 따뜻하다
납작 엎드릴수록 몸을 낮출수록
마음이 편해지는 것이다

내가 좋아하는 것들

나는 금보다 선이 좋고
직선보다 곡선이 좋다
능선이 고운 산이 좋고
라인이 아름다운 여자가 좋다

나는 선보다 면이 좋고
단면보다 입체면이 좋다
여백이 있는 사랑이 좋고
공간이 있는 삶이 좋다

좋아하는 것들은 가까이에 있거나 혹은
멀리 있지만 다 가질 수는 없다
늘 바라보는 가까운 곳의 먼 것들이
멀리 있는 가까운 것들을 밀어낸다

선이 줄이 되고 줄이 금이 되는 세상
곡선을 가로질러 직선이 힘이 되는 세상
이 면 저 면이 서로 패를 가르는 세상
주위에서 보는 가까운 곳의 먼 것들이다

여자가 금을 긋고 사내가 줄을 친다
줄줄이 걸려 넘어지고 무너진다
늘 좋아하는 것들은 가까이에 있고
가까이에 있는 것들부터 금이 간다

둥근 것에 대한 예찬

나는 둥근 게 좋다
둥근 것은 각이 없고 앞뒤가 없고
아래위가 없어서 좋다
둥근 것은 소리 없이 잘 구르고
높은 곳으로 거슬러 오르지 않아서 좋다
굴러간 자리에서 서거나 앉거나 누워
편안하게 집을 짓고 잘 살아줘서 좋다

집에서 사무실까지 둥근 핸들을 돌리며
나를 실어 나르는 둥근 자동차의 바퀴가 좋다
둥근 회의용 테이블에 앉아 회의를 하며
둥글게 정리된 안건들을 결정하고 웃는
둥근 얼굴들이 좋다

둥글게 생긴 여자와 결혼해서
둥근 아이를 얻어서 좋다
햇덩이처럼 둥근 아이가 둥근 엄마의 젖을
먹고 둥글게 자라는 게 좋다
둥근 두레 밥상에 둘러앉아 밥을 먹고

둥근 똥을 누는 가족들이 좋다

내가 사는 지구가 둥글어서 좋다
둥근 해와 달이 있는 세상에서
둥글게 둥글게 살다가 어디 햇살 맑은 곳에
둥근 무덤 하나로 눕고 싶다
무덤가에 둥근 꽃들이 피고 비석 앞에
둥근 술잔 하나 놓여있으면 좋겠다

달에게 범칙금을 부과하세요

황색신호인 줄 알고
차가 출발한 것은
달 때문이다

교통경찰관이 차를 세웠다
"신호 위반하셨습니다"
거수경례를 한 그가
면허증 제시를 요구했다

달 때문인데요
황색신호로 착각했어요

휘영청 밝은
저 달에게
범칙금을 부과하세요

월척

정년퇴직한 강 선생 소일삼아
대성부동산 옆 개천가에서
붕어 낚시하고 있다
부동산 손님 드나들 듯 드문드문
붕어 한 마리 낚아 올리는 재미로
파라솔 아래 햇빛 따라 엉덩이 옮겨가며
온종일 자리 지키고 앉아 있다

부동산 박 소장 들락날락 요란하다
물니까 입질 옵니까 옮겨보지요
낚시하는 강 선생보다 더 안달이지만
물속에 빠뜨려 놓은 그림자 퉁퉁 불어도
묵묵히 밑밥만 뿌리는 강 선생
도인이 따로 없다

주차장으로 승용차 한 대 들어서더니
씨알 좋은 붕어들이 사무실로 들어갔다
박 소장도 밑밥을 뿌려놓고 미끼를 걸고
슬쩍슬쩍 입질을 받다가 월척을 낚은 걸까

손님과 함께 나오는데 입이 귀에 걸렸다

물지요 입질오지요 씨알 좋지요
물속에 고래 한 마리 일렁거리듯
박 소장 그림자 가슴 중앙에 화살처럼
박힌 찌가 흔들거렸다

아내의 미사

일주일에 한 번씩 아내는 가벼워진다.
깃털처럼 가벼워서 나비처럼 날아다니고
구름처럼 둥둥 떠다닌다
아는 사람에게 인사하고 모르는 사람에게도
눈인사한다

일주일에 한 번씩 아내는 화장을 한다
아이라인을 그리고 루주를 바르고
미용실에서 머리를 손질한다
아는 사람에게 웃어주고 모르는 사람에게도
미소를 보낸다

일주일에 한 번씩 아내는 외출을 한다
도시를 벗어나 드라이브를 하고
맑은 공기를 마시며 하늘을 안는다
가 본 적 있는 꽃길을 가고 가 본 적 없는
강둑 억새밭도 걷는다

아내는 일주일에 한 번씩 변신을 한다

나비처럼 날아다니고 구름처럼 떠다닌다
화장을 하고 외출을 하고 도시를 떠난다
꽃길이나 억새밭을 걸으며 하늘을 본다
아내가 일주일에 한 번 미사를 보는 날이다

배추

사무실 앞 화단에 배추 몇 포기 심었습니다
배추잎 구멍이 숭숭 뚫려 자세히 보니
배추벌레 흰나비애벌레 방아깨비 메뚜기들이
열심히 갉아먹고 있었습니다
벌레를 없애려면 농약을 쳐야 하지만
새까맣게 까놓은 알을 보니 마음이 약해집니다
미물이지만 부지런히 새끼 치며 사는 터전을
사람 양식을 배추잎 구멍만큼 뜯어 먹었다고
몰살을 시킬 수는 없기 때문입니다
날이 갈수록 구멍이 늘어나고 커집니다
아침햇살이 숭숭 뚫린 구멍으로 발목을 넣고
바람이 살랑살랑 발가락을 간질입니다
보고 있는 사람 몸이 절로 배배 꼬입니다
아무래도 배추를 수확하기는 힘들 것 같지만
마음 안에 배추 한 포기 심었습니다
실하게 속이 차면 궁둥이를 반으로 갈라서
배추쌈이라도 싸 먹을 생각입니다
배추밭에 물 주는데 배추가 박수를 칩니다
시퍼런 손바닥 위로 민달팽이 한 마리 기어오릅니다
마음이 물컹물컹해집니다

3부

술 취한 바람을 보았다

강물

비 온다고
바람 불어 옆구리 시리다고
전화하지 마라
그 사람 말없이 떠났다고
울지 마라
공복에 술 퍼먹지 마라
마음이 심란하면 강가로 가서
무심히 흘러가는 강물을 보라
미루나무를 품고 서산을 품고
제 몸 찢어지게 하늘을 넣고도
뒤돌아보지 않고 유유히 흘러가는
강물이나 보라
곧은 강은 흐름이 빠르고
굽은 강은 굽이치며 흐른다
비우지 못해 안달하지 말고
채우지 못해 절망하지 마라
개천에 젖 물려 몸 불리는 강물도
제 몸 다듬어서 바다로 간다
알고 가는 길처럼 겁 없이 간다

눈 온다고 들뜨지 말고
꽃 핀다고 히죽거리지 마라
저울에 달수 없는 깃털 같은 시간은
저녁강 물결 위에 그림자로 앉는다
퉁퉁 불어터진 욕망을 담고
흔들리는 사랑을 담고도
어둠 속으로 길을 내는 강물을 보라

그립다는 것

낙엽 지면
옆구리가 가렵다
옆구리가 가려운 건
사람이 그립기 때문이다

내 손 닿지 않는 등줄기
그 깊숙한 곳이 자꾸 가려운 건
만날 수 없는 사람이 간절히
그립기 때문이다

이 계절
모로 누운 내 몸이 근질거린다
어디 뾰족한 모서리에 대고
피나게 벅벅 긁고 싶은 것이다

갈대

흔들린다는 건
그립다는 몸짓이다

비탈에 서서 흔들린다는 건
더욱더 처절히 그립다는
몸짓이다

바람은
그리운 마음들이 누워 있는 곳으로
먼저 불어간다

갈대는 바람의 손 잡으려
한 번 쓰러진 몸을
스스로 일으키지 않는다

나팔꽃

입이 있다고 할 말 다하면
담벼락 기어오르는 나팔꽃
참 요란하겠다
높은 데서 내려다보며
벌려놓은 입마다 나팔 불면
참 살맛 나겠다
할 말 있어도 참고
하고 싶어도 못해서
온몸을 빌빌 꼬며 기어오르는 심사
사람이 알까
그리 살지 마라
그리 살지 마라
담장 기어오르는 나팔꽃
지천으로 피었다

첫사랑

해 진다고 술 먹지 마라
너만 외롭나

달 뜬다
개 짖는 거 봐라
누가 오려나 보다

달빛에 오줌 누지 마라
메밀꽃 흐드러지게 핀 날
강둑, 그 가스나 생각난다

고 빠진 스타킹
메밀꽃보다도 더 하얗던
백설기 같던 가스나 자꾸
생각난다

먼 산도 보지 마라
그냥 오늘은 밥이나 먹자
물도 마시지 말고
꾸역꾸역 밥이나 퍼먹자

너를 위해

너를 위해 말한다
돌아보지 마라
돌아보지 않았다면
등이 슬프다는 걸 몰랐으리라
곡절이 많은 삶일수록 등이 굽고
울림이 크다는 것을 알지 못했으리라

너를 위해 말한다
사람을 보내놓고 너무 울지 마라
그는 그의 길을 갔을 뿐이다
발길 따로 가는 심정 어찌 알리
가는 사람이 오는 사람을 보낸다
눈물로 맞을 수는 없지 않느냐

너를 위해 말한다
사랑하지 마라
화상을 입고도 불길로 뛰어드느냐
사랑 없는 삶이 불 속보다 못할지라도
상처가 상처를 보듬는 일도 상처로 남는다

온전하게 미쳐서 한 몸 던지지 마라

진정 너를 위해 말한다
돌아보지 않을 삶이 어디 있으며
이별 없는 사랑이 어디 있으랴
불어터진 꿈도 수장시킬 희망이 있고
절박한 최후도 정박시킬 부두가 있다

오늘 하루를 산 것만으로도
내일을 살아갈 벅찬 희망이 된다
세상은 너를 위해 존재하고
이 밤이 서둘러 저무는 것도 내일
찬란한 태양으로 너를 비춰주기 위함이다

술 취한 바람을 보았다

흐린 날 오후 논두렁에 퍼질러 앉아
농부가 마시던 막걸리 잔을 빨다가
낮술에 취해 벌러덩 논둑 밑으로
미끄러지는 바람을 보았다

포장마차 천막을 헤집고 들어가
생이 삐걱거리는 사람들과 목탁에 앉아
홍합국물을 훅훅 불어가며 잔을 부딪치다
술병을 안고 바닥을 뒹구는 바람을 보았다

길바닥에 오줌 누던 술꾼 하나가
바지춤 추스르고 돌아서다 전봇대에 이마를 받듯
비틀거리며 중앙선을 넘다가 화물트럭에 치여
괴성을 질러대는 바람을 보았다

근육 좋은 바람은 어깨를 걸고 다니다가
밤이 깊어지면 쥐 난 다리를 절룩이며 돌아와
낯선 집 걸어 잠근 대문 앞이나 후미진 골목에서
빈병처럼 뒹굴다가 노숙자처럼 잠들었다

새벽녘, 채 가시지 않은 술기운으로 일어나
마른기침을 토해내며 맨발로 걸어나가는
등이 넓어 떨림이 큰 철없는 사내 하나가
미루나무 가지 끝에다 축축한 생을 목매달고 있었다

너를 향한 내 마음은 길을 잃지 않는다

산 넘고 물 건너
잡초가 우거진 숲길을 헤치고
마음을 맡겨 둔 너에게로 간다
가문 마음에 비 뿌리며 간다
빈혈의 기억이 코피 쏟으며 간다
오고 가지 못한 길은 거칠고 험하다
이정표 없고 낡고 지도도 없는
돌아오지 못할 길을 간다
시린 발목으로 쥐 난 마음을 절룩이며
너에게로 간다
내 사랑이 방목되는 유배지로
하염없이 간다
속절없이 간다
숙명처럼 간다
너를 향한 내 마음은 길을 잃지 않는다

비

아침부터 비 온다고 담장 아래 백합
트럼펫을 부네요
유년에 집 나가서 소식 끊긴 영자 닮은
주근깨 다닥다닥 붙은 참나리꽃
헤픈 입술로 빗물을 죽죽 빨고 있네요

가로로 찢어진 우체통 주둥이에
납작한 사연이 끼여 비를 맞고
날일을 공친 김씨 아저씨 일찌감치
낮술 생각에 집 나서네요

내사 마 이런 날은 그저
명태전에 막걸리 한 잔하며
장미다방 조양 티켓 끊어 앉혀놓고
마 기양 수작이나 함 부려보는 거지에 뭐

택도 없다, 비에 젖은 엉겅퀴
고개를 절레절레 흔드네요
두꺼비 한 마리 길바닥에 나와

글쎄, 툭 튀어나온 눈알만 굴리네요
어디로 뛸지 영 분간이 어렵네요

어느새 한 20년쯤 세월을 소급해간 사내 하나
컴컴한 골방에 들어박혀 있네요
금복주 소주 달력에 젖통을 드러낸 양년을 보며
격하게 자위를 하고 있네요
만발한 밤꽃이 비처럼 쏟아지도록
비릿한 생산의 씨를 허공에 마구 흩뿌리네요

유기견 한 마리 코를 킁킁거리며 지나가는데
살 빠진 우산 하나 길바닥에 뒹굴며 비를 맞네요
온종일 비가 올 거라고 그치지 않고
줄기차게 올 거라고 백합은
트럼펫 볼륨을 높이네요

편백숲

바람이 일렬종대로 걸어 다니고
햇살도 뱃살을 빼야 들어갈 수 있는 곳
직립의 시간이 훈련된 병사처럼
총총하게 도열해 있는 곳이 있다

시린 관절을 접지 않고
선 채로 쉬거나 선 채로 잠들며
죽어서야 토막으로 잘려 누워보는
운집된 생들의 질서가 아름다운 곳

햇살이 검객처럼 단칼에 바람을 베고
상처 난 바람이 비명을 질러대면
직립의 숲이 잠깐 멀미를 하며
편백은 온몸을 흔들어 제 향을 뿜어준다

누워 있던 생각을 일으켜 세우면
구부러진 희망도 따라 벌떡 일어서는 곳
직립해 열병하던 병사들의 군홧발소리에
꾸물거리던 생이 터질 듯이 발기된다

능소화

경남 사천 냉면집 원산면옥은
외벽을 능소화 넝쿨이 감고 있다
넝쿨 속에 감겨 앉은 사람들
냉면을 시켜놓고 능소화를 본다

구중궁궐의 한 서린 여인 하나가
전설 속에서 걸어 나와 드르륵
미닫이문을 열고 버선발로 들어선다
동백기름 발라 바르게 탄 가르마
까만 면발처럼 곧고 가늘다

여인의 한은 잘려도 미련이 남는가
젓가락에 칭칭 감긴 그녀를 가위질해도
면발은 다시 엉겨 붙고 겨자 국물 속
낮달로 빠진 그녀의 눈물이 붉다

겨자 맛 때문인가.
자꾸 코끝이 찡해 와서
면발을 덩어리째 구겨 넣는다

은행 줍는 여자

은행나무 아래 인도에 머리 박고
일회용 비닐장갑 끼고 은행 줍는 여자
바람 불면 툭툭 떨어지는 누런 살점을
검정 비닐봉지 속에 주워담는다
마침 쓰레기수거차 한 대 멈춰 서더니
운전사 묘하게 웃으며 여자 비켜서게 하고
차 꽁무니로 은행나무 옆구리 슬쩍 들이박는다
노랗게 질린 나무가 온몸을 푸르르 떨더니
누런 치마 밑으로 우박처럼 생똥을 싸지른다
흥분한 여자 엉덩이 하늘로 치켜들고
두 팔로 사내를 받듯이 쓸어 담는다
땅바닥에 밑동을 박고 쪼그리고 앉아서
검정 비닐봉지 배 터지도록 주워담고
야무지게 주둥이를 묶고 있는 여자
뒤가 구린 사내들 힐끔힐끔 쳐다본다

탁탁탁

탁탁탁 맑고 경쾌한 이 소리
볕 좋은 날 옥상에서 빨래 너는 아내가
하늘 뱃가죽을 쭉 잡아당겨 물기를 터는 소리
시골집 온돌방 아궁이에서 바싹 마른
참나무 장작이 뼈까지 타들어 가는 소리
활력 넘치고 건강한 소리

음침하게 틱틱틱도 아니고
숨 막히듯 턱턱턱도 아니고
택택택 참말로 택도 없는 것도 아닌,
탁탁탁 세상의 먼지를 털어내는 긍정의 소리
길이 열리며 꼬인 일이 활짝 풀리는 소리
잘 익은 석류 가슴팍 단추 터지는 소리

경북 출신 글쟁이 김영탁 김시탁 정연탁
세 탁이 모여 세탁되지 않은 말로 침 튀기며
낮부터 탁배기 기울여 건배하기 좋은 소리
여보세요. 제 눈을 똑바로 보고 얘기하세요.
낮술 취한 낯선 여자가 나무젓가락으로 탁자를 두들겨

술판의 이목을 모조리 끌어당기던 몰입의 소리

마음 든든한 사람에게 안부를 맡기는 소리
보이지 않는 것들의 속이 궁금해 물어보는 소리
어깨를 등을 엉덩이를 두드려 힘을 불어넣으면
희망이 훈련 잘된 병사처럼 달려와
저요 저요 손 쳐들며 선착순으로 멈춰서는
요란한 군홧발 소리

맞아도 좋고 굴러도 좋을 소리
애타는 내 사랑, 탁탁탁 타들어 가
맨땅에 머리 박고 탁 까무러쳐 죽어도 좋을 소리
손바닥에 침 뱉고 바로 덤벼드는 소리
기어코 저질러보고 싶은 발칙한 욕망의 소리
탁탁탁

개의 처지에서 보면

개의 처지에서 보면
밥그릇 앞에서 으르렁거리고
강한 놈 앞에 납작 엎드려 꼬리 치는 일
개나 사람이나 같아 보인다

제 영역 위해 오줌 갈기고
제 땅에 말뚝 박고 줄 치는 거
구린내 나는 곳으로 코 벌렁거리는 거
별반 다를 게 없어 보인다

개의 처지에서 보면 오히려 더
개가 사람다워 보일지도 모른다
먹이 주는 주인 물지 않고 맹종하며
뒤통수치거나 배신하지 않는다
한 번 주인은 영원한 주인인 것이다

개의 처지에서 보면 개는 억울하다
애초에 개가 되고 싶어 된 것도 아닌데
개와 사람은 위상부터 다르다

사람은 개를 잡아먹지만 개는 사람을 보면
줄기차게 꼬리를 흔들어야 한다

아무리 생각해봐도 개의 머리로는
풀 수 없는 모순이다
사람들이 그 모순으로 보신탕을 끓여 먹고
정력이 좋아질 거라고 믿고 있다는 걸
개는 죽어도 알 턱이 없다

한여름 땡볕에 사람들이 개를 몰고 간다
가스버너와 몽둥이를 들고 볼록한 배를 앞세우고
때려잡은 고기가 연하다고 히죽히죽
앞 이빨을 드러내며 강가로 몰려간다
개의 처지에서 보면 사람이 개다

내 안에 사탄이 있다

기도합시다
사제를 따라 성호를 긋고 눈감으면
뱀 한 마리 슬금슬금 기어 나온다
마음을 다잡아도 혓바닥을 날름거리며
기도를 잡아먹는 뱀을 어찌해볼 재간이 없다

뱀이 나타나면 잡념이 몰려온다
뱀에 물려 중독된 엉뚱한 생각들이
성가 가락을 휘젓고 정신을 혼란스럽게 한다
앞자리 자매의 체크무늬 원피스 위로 바둑알이
올라앉고 대머리 형제의 정수리 위로 헬기가
포물선을 그리며 내려앉는다

머리숱이 없는 교구장의 반구형모자*는
어떻게 고정해 머리를 숙여도 떨어지지 않을까
성지순례 간다는데 버스 속에서 음주가무를 해야 하나
아침 출근길에 끼어든 운전사는 틀림없이 여자겠지
한 달째 항문에서 피가 나는데 치질일까

내 안에 사탄이 있다
놈은 틀림없이 간교하고 약삭빠른 놈이다
평상시 어디 숨어 있다가 미사 때마다 따라 붙어
엉뚱한 곳으로 나를 끌고 다니며 괴롭힌다
하느님과 이간질하는 것이다

놈을 내 안에서 몰아내야 한다
부양가족도 아닌 놈을 데리고 살 수 없다
잡념의 모가질 누르고 주님 말씀에 귀 기울이자
주여 저의 기도를 들어주소서
제 안에 사탄을 데리고 산 죄 용서하소서

마음 다잡아 눈 감고 기도하면 성가대 합창 들려오고
그런데 이런, 바로 이어 성가대대원의 후렴구 고음에서
삑사리날까 조바심에 오줌이 마려워오는 이 황당하고
해괴한 심사 틀림없이 내 안에 사탄이 있다
혓바닥 날름거리는 뱀 한 마리 똬리를 틀고 있다

* 필레올루스

4 부

도시의 새들

비가 자살했다

맨땅에 머리를 처박고
비가 자살했다
죽음을 소급해서 우산으로 받는
사람들이 미처 받지 못한 죽음을
짓밟고 있다

비는 직선으로 죽어 곡선이 되고
곡선은 강을 만들어 바다로 간다
바다는 자살한 것들을 모아
염을 하기 좋은 곳이다

세로로 쓴 유서에 죽죽
밑줄을 긋고 온종일 비가
동반자살했다

장마 1

하늘로부터 이어져 온 밧줄을 타고 한 사내가 기어오
르다가 미끄러지고

긴 생머리를 한 여자가 위태하게 남자를 바라보다가
창문을 닫는다

바람이 창문 사이로 끼인 밧줄을 타고 들어와 여자를
겁탈한다

젖이 퉁퉁 불어터진 저수지는 겁탈당한 여자의 아이를
분만하며 제 살을 찢어 양수를 쏟아내고 여자는 가위로
긴 머리를 자르고 바람의 시퍼런 근육을 자르고 마침내
하늘로부터 이어져 온 긴 밧줄을 타고 기어오르던 남자
를 자른다

수직으로 머리를 처박는 남자 줄기차게 질퍽한 시간의
질서에 숨이 막힌다

장마 2

아직도 다하지 못한 일들이 많은데
해야 할 고백도 남아 있는데
안구건조증약은 떨어지고 전립선은 도지는데
그 여자는 도대체 언제까지 기다려야 하느냐고
눈으로 말하고 입으로 가리키는데
축축한 시간의 모가지를 또각또각 잘라내며
손톱 발톱을 깎는 오후
여자 아나운서의 긴 생머리는 자꾸 자라나서 바닥을
질질
끌고 좀처럼 끝나지 않을 것 같은 뉴스는 이어지고
아파트 19층 열린 창문으로 회색 커튼이 몸을 날리는데
어, 그렇지 하늘로부터 긴 밧줄을 타고 기어오르던 남
자는 죽었을까
수직으로 머리를 처박던 남자
줄기차게 질펀한 시간의 질서를 그 여자는 잘랐을까
잘랐겠지 잘랐을 거야
손이 닿지 않는 등은 가려워오고
휴대폰의 진동은 저 홀로 징징 울며 바닥을 기고

장마 3

  먼 길 다녀온 사람처럼 자꾸 발목이 시려웁니다

  날짜 지난 달력 속에서 젖은 시간들 우산을 쓰고 나옵
니다

  아내가 빨래건조대를 거실에 들여놓고 아들을 넙니다

  남편의 아랫도리는 온종일 플라스틱 집게에 집힌 채
선풍기 바람을 맞습니다

  각기 다른 길로 나섰던 신발들이 현관 바닥에 모여 이
마를 맞대고 있습니다

  젖거나 구겨지거나 굽이 빠진 다양한 삶들입니다

  막다른 골목을 후비고 엇나간 시간을 밟던 흔적입니다

  아내가 삶의 머리를 바깥쪽으로 향하도록 정리합니다

  쇠가죽처럼 질긴 시간을 갉아먹던 뻐꾸기가 웁니다

  20년을 넘게 한 집에서 살고 있는 뻐꾸기지만 울음소
리를 자주 듣지는 못했습니다

  잇몸이 헤졌는지 외출이 그리운지 울음소리가 평소하
고 다릅니다

  정해진 시간을 넘어 하염없이 웁니다

  그때 어디선가 칙칙칙 기적을 울리는 기차소리가 요란
하게 들려오고

반 차표 한 장을 끊어 할머니 손잡고 기차에 오르는 까까머리

아이 하나, 비 그친 하늘 눈부신 흰구름처럼 맑게 웃고 있습니다

아이가 뒤를 돌아보려는데 누가 어깨를 흔듭니다

눈을 뜨니 아이를 닮은 아이의 아들입니다

아내는 밥주걱으로 압력밥솥의 밥을 퍼 담고 있습니다

가스레인지 불판 위로 기적을 울리던 기차는 사라졌습니다

창밖은 여전히 먹빛입니다

장마 4

지금 비 내리고 바람이 불고 집 안은 정전 중이다

택배 아저씨 앞집 현관문을 두드린다. 개가 짖는다

주인은 부재중이고 주인 대신 집 지키던 개가 짖는다 개가 짖자

벽시계가 운다. 벽시계가 울자, 어머니가 운다. 아내가 운다

밖에는 여전히 비가 내리고 비 내리는 날은 울기 좋은가

벽시계가 울음을 그치자 벽이 운다 벽에 박힌 못이 운다

못에 걸린 내 쓸개가 울고 심장이 젖는다

냉장고가 울고 냉동실 동태가 울고 바다가 운다

어머니는 바다에서 헤엄쳐 나온 세월이 모여 비가 된다고 한다

어머니는 비가 아버지를 닮았다고 하고 나는 아버지가 비를 닮았다고 했다

방안은 아직도 정전 중이고 전선줄을 타고 비가 방안으로 들어온다

방안이 빗물로 흥건하다. 등 푸른 고등어 떼가 몰려온다

아내가 그물을 던진다. 아이들이 낚여 올라온다. 빗물이 퍼덕거린다

빗물로 회를 친 시간의 살이 연하다

나무가 낙엽을 버린다 낙엽에 붙은 하늘의 연한 살이 낙하한다

목젖이 부은 바람의 볼이 발갛고 종아리의 근육은 시퍼렇다

비가 나뭇가지에 걸려 흔들린다 어머니가 위태롭다 나는 멀미가 난다

어머니를 나무에 묶어야 하나 가지에 매달아야 하나 아내는 고민 중이다

나는 아내의 고민을 안다 나무를 뽑고 어머니를 묻는 것이다

뿌리를 뽑고 나를 묻는 것이다

아내는 나무가 어머니를 닮았다고 하고 나는 아내가 나무를 닮았다고 했다

아이들은 나무는 아무것도 닮지 않고 그냥 나무라고 했다

나는 속으로 내가 나무를 닮았을지도 모른다는 생각을 했다

비는 여전히 내리고 시간도 정전 중이다

앞집 택배 아저씨가 짖어 개를 쫓아낸다

주인 대신 집 지키던 개가 순식간에 주인을 버렸다

아내가 드디어 고민을 해결했다며 덧니를 몽땅 뽑아

어머니의 기저귀에 싸서 창밖으로 던져 버렸다

감전된 시간들이 찌릿찌릿 어머니의 등을 긁기 시작했다

삭신이 쑤신다고 아버지가 액자 속에서 절룩거리며 할

머니를 업고 걸어

나왔다 물렁물렁한 벽이 무너졌다

벽이 무너졌다

기댄 삶이 무거운가
벽이 너무 오래 서 있어
관절이 시리다며 절룩거린다

칠흑 같은 어둠을 헤치고
발목이 부은 새벽이 왔다
질긴 근육질의 시간에
목매달러 공복의 사내들이
엘리베이터로 몰려갔다

벽이 무너지고
밤새워 뒤척이던 충혈된 꿈이
압사당했다
질식된 시간이 기댈 벽은
어디에도 없다

주사 酒邪

너를 보내고 다시 너와 마주앉아 술잔을 건넨다
그게 아니야 그게 아니라구 나무젓가락으로 건진 말들이
자꾸 탁자 위로 미끄러진다
입으로 마신 술에 혀가 말려들어 말을 걸고 넘어진다
TV에서 두 여자가 아니 쌍둥이 아나운서가
북에서 북동풍이 초속 4에서 5미터로 불고
파고는 0.7미터 습도는 30에서 70퍼센트 가끔 흐리고 비가 온단다
주방에서 해물파전을 뒤집던 여자가 비를 흠뻑 맞고 있다
중국에서는 우박을 비닐하우스에서 대량 재배하는데
북에서 북동풍이 불어서 엄청난 손해를 보았다고 한다
마주 앉은 너는 잃어버린
사랑을 찾아 위치 추적을 하고
아나운서는 사람들이 자기 말을 경청하지 않는다고
화를 내며 화면 밖으로 마이크를 집어 던졌다
쨍그랑 그녀의 말이 깨어졌다
사람들이 상처를 입고 깨어진 화분 뿌리에서 피가 흐르고
북동풍이 4에서 5미터로 불어오고 가끔 흐리고 비가 왔다
주방에서 비에 젖은 여자가 해물파전에서 기어 나온 해물들을
초장에 찍어 수족관에 다시 넣는다

너는 아직도 너의 위치를 파악하지 못하고
휴대폰의 내장을 뽑는다
나는 너를 마주 앉혀놓고
이미 귀가시킨 너에게 전화를 건다
지금은 부재중입니다 연락번호를 남기시려면 1번 음성녹음은 2번
청와대 대변인은 3번 해물파전은 4번을 눌러주십시오
뚜뚜뚜뚜뚜 손님 영업 끝났습니다
대리운전기사에게 부재중인 너를 태워 보냈다

오늘은 참 이상한 날입니다

조간신문을펼치는데사회면에서노숙자가걸어나와식탁에
앉아밥을먹고있었습니다아내는믹스기에노숙자가신고온
신발을넣어갈고아이들은밥을먹다말고목구멍에선인장가
시가걸렸다며컥컥거렸습니다나는티브이리모컨으로내몸
에도내손이닿지않는깊숙한등줄기를긁는데등줄기에서아
버지가버럭고함을질렀습니다애비는함부러빚보증서지마
라그때노숙자가밥숟가락을집어던지며에라이호로자슥아
니는에미애비도없냐하고막욕을하는데놀란아내가그만믹
스기칼날로티브이화면을찢어버리고말았습니다찢어진티
브이화면속으로아이들이학교를간다며걸어들어갔습니다
노숙자가마이크를잡고집중호우로돼지막사에물이가득찬
뉴스를전하고아내는성경책을프라이팬에올려놓고올리브
기름을부었습니다오후에는학교에서아이의담임이아이의
겨드랑이에서자꾸선인장이자란다고전화를하며선인장가
시를잘라줘도되느냐고물었습니다나는자동차대신낙타를
타고출근하기위해엘리베이터를탔는데천백구호여자가핸
드백속으로남편을구겨넣으며뾰족한하이힐굽으로명품외
국어학원원어민강사의눈알을짓이기고있었습니다관리실
에서긴급방송으로어제저녁에맡겨놓은아이를찾아가지않

으면어른이되어버릴지모른다며빨리찾아가라고했습니다
어른이되더라도관리실의책임은아니라며반복했습니다핸
드백속에구겨져있던천백구호남자가삐죽이자크를열고고
개를내밀려다가엘리베이터문이열리는바람에 문틈에끼
여소리를질렀습니다여자가혀를차는데그녀의혓바닥에도
선인장가시가자라고있었습니다엘리베이터앞에대기하고
있던낙타는헌눈알을빼고새눈알로갈아넣고백십이번코스
로달리더니목이마르다며강변도로로방향을바꾸는데아내
가전화로집에있던노숙자가미리출근했으므로나는회사에
나가지않고낙타와함께사막으로여행을떠나도된다는것이
었습니다   오늘은참이상한날입니다

바퀴벌레는강하다

새 벽
녘 바
퀴벌레가티브이수
상기를파먹고있다6시
뉴스가파먹힌다골을파먹혀골
이빈국회의원이국민의이름이라고적
힌명찰을달고자신을신원조회한다아내가바
퀴벌레를믹스기에넣고돌리자골들이쏟아진다
저녁에먹은양념통닭이쓰레기봉투를뚫고나온다
내살을다뜯어먹어도새벽은온다고뼈만남은울대
가운다진공청소기가닭을빨아들인다아들이진공
청소기속으로빨려들어가며아버지를부른다벽에
걸린액자속에서아들의아버지의아버지가걸어나
온다지붕을받치고있던기둥이관절이시리다며털
석주저앉는다집이무너진다티브이에서자막처럼
바퀴벌레들이기어나온다이천칠년말경에생방송
에출연했던보일러공김달국씨가걸어나온다
바퀴벌레가전깃줄을갉아먹는다정전이다
6시뉴스를전하는아나운서를는바퀴벌
레가갉아먹는다내장을훤히드러내놓
고세탁기가운다바퀴벌레는
강하다

편지

납작한 여자 가슴 유두를 당기자
덜커덕 서랍이 열렸다
서랍으로 들어가 그녀를 뒤지는데
우체국 소인에 날개가 찍혀 말라죽은 새 한 마리
서랍 속에서 푸드덕 날아올랐다
납작한 하늘이 새를 접었다
서랍을 닫자 그녀가 닫혔다
남자가 칼날처럼 제 몸을 갈아
그녀의 틈 속으로 비집고 들어가 납작하게
말라 죽었다
납작한 남자의 가슴에 그녀가 편지를 썼다
사랑해

도시의 새들

집집마다 거리마다
빌딩에서 전철에서 식당에서
밥을 먹거나 사람을 만나며
휴대폰에 머리를 박고
망각의 모이를 쪼아 먹고
말을 잃어버린 도시의 새들

첨단의 심장을 터치해서
문명의 성기를 발기시키고
시간의 성감대를 마사지하며
폐부 깊숙이 오르가슴을 맛보는
새들의 교신은 무음이나 진동

눈이 있어도 보지 못하고
귀가 있어도 듣지 못하며
울음도 잊고 노래도 잊고
하늘로 나를 길도 잃어버려서
날개 있어도 날지 못하는 도시의 새들

청진기를 귀에 꽂고
고장난 뇌를 자가 진단하여
좌판을 두드려 처방전을 적는다
콕콕 콕콕 완전 좋아요
제 심장의 충전기를 빼지 마세요
제발

대장부大丈夫의 시학

김 영 탁(시인 · 『문학청춘』 주간)

여성화와 왜소해져 가는 한국시단에 굵직한 남성의 목소리를 내는 시인이 있는데, 경북 봉화 춘양에서 태어나 창원으로 귀화하여 정착한 김시탁 시인이다. 그의 호방하고 시원시원한 성격은 요즘 보기 드문 남자 중의 남자라 말할 수 있다. 내가 만났던 시인 중에 시와 사람이 하나 되는 즉, 언행이 일치되는 대장부다.

대장부의 사전 풀이는 건강하고 씩씩한 사나이지만, 맹자가 등문공편滕文公篇(二, 景春章(1-2), 滕文公章句(下))에서 한 말이 있다. 경춘이라는 자가 맹자에게 "공손연과 장의는 참으로 대장부가 아니겠습니까? 그들이 한번 노하면 천하의 제후들이 두려워하고, 반대로 그들이 조용히 있으면 천하의 분쟁이 멈춥니다."라는 말에 "그런 것을 어찌 대장부라 할 수 있겠는가?"—중략— 참다운 대장부는 "천하의 넓은 보금자리인 인仁에 살고, 천하의 올바른 자리인 예禮를 지키고, 또 천하의 대도인 의義를 행한다. 뜻을 얻어 백성들과 함께 선도善道를 따르게 하며, 뜻을 얻지 못하여도 홀로 선도를 행한다. 부귀로 마음이 타락되는 일 없고, 빈천으로 절조를 변조하는 일이 없으며, 어떠한 위세나 무력 앞에 서도 굴하지 않는다. 이런 사람이라야 비로소 대장부라 하겠다居天下之廣居, 立天下之正位, 行天下之大道, 得志與民由之, 不得志獨行其道, 富貴不能淫, 貧賤不能移, 威武不能屈, 此之爲大丈夫." 사내대장부를 논한 중요한 말이 아닐 수 없다. 대장부는 예와 인의를 행하고, 뜻을 얻지 못하여도 자기만의 선이라도 지킨다. 부귀나 빈천 그리고 위세나 무력 앞에 타락하거나 변절하거나 굴복하는 일이 없다. 참다운 대장부를 논한 맹자의 말이다.

당나라의 시인 백거이는 "선비를 중히 여기고 재물을 가벼이 여겨야 사내대장부다重士輕財大丈夫."라고 말했다. 어진 이와 선비를 존중하고, 옳은 일을 위해서는 재물을 아끼지 않아야 한다는 것이다. 명나라 때, 진계유陳繼儒는 "속인의 마음을 버려야만 비로소 사내대장부라 말할 수 있다放得俗人心下, 方名爲丈夫."라는 것은 벼슬을 하든 장사를 하든, 정정당당하게 자기의 이상을 위하여 분투하고 추구하는 것이 나쁠 건 없다. 그러나 탐욕스러운 마음을 버려야만, 광명정대한 사내대장부가 될 수 있는 것이다.

대장부에 대하여 장황하게 얘기하는 건 김시탁 시인을 10년 넘게 드문드문 만났었고, 더러는 소식이 두절되다가 만나도 한결같은 사람이고 시인이었기 때문이다. 이번 시집『술 취한 바람을 보았다』는 김시탁의 세 번째 시집이며 7년 만에 숙성된 결과물이다. 시집 전편에 흐르는 정조는 앞에서 얘기했듯이 대장부의 정서가 녹아 있고, 한편으로는 동편제의 굵은 목소리가 울려온다. 김명환은 동편제 소리에 대한 비유를 "동편제 소리는 어부들이 쓰는 그물 중에서 그물코가 큰 그물로 고기를 잡는 것과 같다."라고 했다. 그물코가 크면 자연히 잡다하고 작은 물고기는 빠져나가고 큰 고기만 그물 속에 남는 것과 같다. 하여, 동편제 소리는 대충대충 거뜬거뜬한 인상을 주면서도 야멸찬 소리로 이어지는 그러한 창법이라 할 수 있다. 동편제 소리를 제대로 하려면 선천적으로 풍부한 성량을 타고나야 하듯 김시탁은 기질적으로 굵직한 목소리를 갖고 있다. 물론 그의 섬세한 정조는 진퇴를 알고 감출 땐 감추고 울어야 할 때를 알고 있는 감성이 풍부한 시인이다.

간밤에 시골집 지붕 위로
달이 떨어졌다
아버지가 새끼줄로 달을
꽁꽁 묶어 놓았다
밤새
온 집안이 환했다
새벽에 일어나 보니 달은 없고
달이 알을 낳아 놓았다
밤새 품어 체온이 식지 않아
김이 모락모락 나고 있었다

박꽃들이 이슬에 젖은 알을
슥슥 닦아줬다
그때 알이 잠깐 꿈틀거렸는데
달 냄새가 났다

– 「박」 전문

시 「박」은 관능과 생산에 대하여 직접 1차 생산자인 아버지의 사랑과 신성한 노동을 그리고 있다. 아버지는 달이 떠서 도망가지 못하게 새끼줄로 묶음으로써 달은 집안을 밝히며 축제가 시작된다. 사랑의 행위를 목전에 둔 달이기에 교교한 빛을 뿜으면서 은근한 달이 제격일 것이다. 달과 사랑한 아버지는 달을 보내고 박 같은 자식을 얻는다. 화자의 출생과 관련하여 신화적이면서도 은은한 관능은 가난하고 소박한 냄새를 간직하고 있다. 김시탁 시인은 이 아련한 기억 저편의 냄새를 상상하고 맡음으로써 미생未生의 자아를 호출한다. 박의 기원에 눈 뜬 시인은 존재의 정체성을 획득한다.

비바람 찬 이슬 고스란히 받고
까칠한 피부는 군살만 남아
사정없는 몰매에 뼈대가 부러져도
툭툭 화두처럼 내던지는 사리 같은 살점들

폐부 깊숙이 와 박히며
지독하도록 고소하게 쏟아내는

끈적끈적하고 기름진 상처

비명도 없이 땅바닥을 뒹구는
작고 단단하고 둥근
위대한 생산의 집

– 「들깨를 털며」 부분

김시탁의 시는 이미지가 선명하고 직접적으로 다가오
는 담백함으로 마치 흩어진 구슬을 잘 꿰어서 둥근 목걸
이를 만들 듯 집 한 채를 완성했다. 시 「들깨를 털며」도
일관성 있게 잘 연결되어 있다. 시인의 원형들이 속속
등장한다. '사리 같은 살점들―기름진 상처―생산의 집'
으로 연결되는 과정은 만만치가 않다. 풍찬노숙을 견디
는 화자는 까칠한 피부에 외부의 압력과 몰매에 뼈가 부
러진다. 신산한 고통과 질곡을 거쳐 완전히 분해되어야
만 고소한 향기를 내듯 몸을 아끼지 않는다. 궁극에 도
달하는 완성된 집마저 내주어야 향기로 꽃 피울 수 있
다. 김시탁 시의 미덕 중 하나가 '견디면서도 온몸으로
던지는 투지'라 할 수 있는데, 한마디로 얘기하면 도의
과정과 흡사하다.

고추대궁을 뽑다 보니 알겠다
고추가 묶인 말뚝이 헐렁하다는 것을
언제부턴가 아버지는 힘겹게 말뚝을 박으셨다

땅심 좋은 텃밭의 흙도 제 속 깊숙이
아버지의 말뚝을 받아들이지 못했다

서리 맞고 탄저병에 찌든 끝물 고추는
위태하게 아버지의 말뚝에 매달린 채
작은 바람에도 흔들리고 있었다
한 손으로 잡고 흔들자 쑤욱 뽑히는 아버지
구부정하게 굽은 생이 말뚝에 묶여 있었다

뽑힌 말뚝을 경운기에 실었다
달그락거리며 아버지의 뼈대가 부딪히는 소리
힘겨워도 자신을 박아 보호했던 희망이
앙상하게 마른 채 실려 나갔다

세상에 숱하게 말뚝을 박았고
세상에 가장 강한 말뚝을 박았던 아버지
이제는 말뚝을 박을 힘이 없을 때
말뚝을 박지 않고 제초제를 마셨다

젊은 의사의 심폐소생술도
아버지를 깨어나게 하지 못했고
아버지는 삭은 말뚝처럼 툭 부러졌다
안동병원 영안실
아버지는 곧은 말뚝으로 누우셨다

굽은 허리가 굳어 한 번도 등을 눕히지 못했는데

오동나무 관속에서 제대로 등을 눕히셨다
세상의 아무것도 묶지 않은 굵은 말뚝 하나가
덜컥 내 가슴 명치 속으로 깊숙이 박혀왔다
　　　　　　　　　　　　　－「아버지의 말뚝」

　김시탁의 시편 중에서 이 시대의 아버지에게 바치는
대표적인 시가 「아버지의 말뚝」이 아닐까 싶다. 시인의
원체험에 접근했다고 생각할 수 있는, 가슴 절절한 말뚝
하나 마음에 박히는 일이 예사롭지 않다. 이 시는 한 편
의 드라마나 영화처럼 서사를 간직한다. 화자는 고추대
궁을 뽑다가 아버지가 힘겹게 고추 묶는 말뚝을 박았다
는 걸 알면서 슬픔은 시작된다. 사건의 전말은 '아버지
– 말뚝 – (식용 가치가 없는)고추 – 제초제 –죽음 – 오
동나무 관속 – 가슴'으로 귀결된다. 한때는 세상에 숱하
게 말뚝을 박았던, 혈기왕성한 아버지를 반추하는 듯하
지만, 궁극엔 왜소한 남근에 대한 조종弔鐘을 울리며 화
자의 가슴에 말뚝을 박는다. '세상에 숱하게 말뚝을 박
았'다는 건 중의적이다. 시화詩話처럼 험난한 시대에 온몸
으로 부지런하게 시대를 관통한 아버지와 난봉꾼으로서
아버지라 할 수 있다. 어릴 때는 거인처럼 보였던 아버
지도 세월에 마모되면서 왜소하게 전락한다. 결국 권위
적인 가부장 시대의 아버지도 화자가 성장하고 어른이
됨으로서 아버지를 이해하고, 연민의 시선으로 바라보
면서 동일시 된다. 하여, 말뚝과 고추가 주는 시화는 다

양하게 변주한다. 굳이 시인의 가족사를 유추하지 않아
도 현실의 세대 간에도 반복되는 서사다. 가슴에 깊게
박힌 시인의 슬픈 말뚝은 전염성이 강하다.

아버지는 바다였다
파도였고 등대였다
등대는 꺼져 있고
바다는 캄캄하다

아버지는 돌아누웠다
캄캄한 밤 고등어를 굽는다고
아버지가 돌아올까
자꾸 고등어를 뒤집는다고
파도가 일어날까

– 「자반고등어」 부분

시 「자반고등어」에서 아버지는 바다와 파도가 되었다
가 등대가 된다. 바다같이 넓은 아버지의 등은 든든하지
만, 격랑의 바다가 되면 파도를 친다. 변화무쌍한 아버
지는 등대가 되어 밤바다를 밝혀주고 뱃길을 인도하지
만, 불안정하다. 캄캄한 밤 고등어를 굽는 화자는 아버
지가 돌아누웠다고 한다. 이때는 등대의 불빛이 화자를
비춰주고 있는 상황인데, 고등어를 뒤적이며 아버지를
기다린다. 이 시의 묘미는 석쇠 위에 자반고등어를 구우

면서 일어나는 상상의 아버지인데, 이미 무한한 변신을
거친 아버지는 자반고등어가 되어 석쇠 위에서 잘 익어
가고 있다는 것이다. 즉 아버지의 일생과 자반고등어는
동일시되어 장례를 치르고 있다는 거. 아버지에 대한 천
착을 자반고등어로 승화한 가슴 뭉클한 시다.

　　뙤약볕 비바람 고스란히 맞아
　　피부 거칠고 굳은살 늘어도
　　한 번도 제자리 이탈하지 않더라

　　바람 불 때 이파리로 슬쩍 뒤를 훔치는지
　　잠깐 들었다 놓는 듯 펑퍼짐한 엉덩이가
　　슬픈 밑동 넓은 여자

　　뚝 따서 품 안에 안아보면 무슨
　　큰 죄라도 짓는 듯해
　　생각도 데굴데굴 굴러가는
　　골 깊고 속 넓은 여자

　　누렇게 익은
　　늙은 여자
　　　　　　　　　　　　　　　　－「호박1」전문

　　엉덩이를 가르고
　　내장을 후벼 파내고

뎅강뎅강 잘라낸 살을
중탕기 속으로 집어넣고
푹 고아 먹으면 부기가 빠진다네

내 살과 뼈와 피와 눈물이
중탕기 속에서 200도의 열기로
펄펄 끓고 나서 엑기스로 뽑혀
퉁퉁 불어터진 너의 부기를 뺀다네
　　　　　　　　　　　　　　－「호박3」

둥글게 생긴 여자와 결혼해서
둥근 아이를 얻어서 좋다
햇덩이처럼 둥근 아이가 둥근 엄마의 젖을
먹고 둥글게 자라는 게 좋다
둥근 두레 밥상에 둘러앉아 밥을 먹고
둥근 똥을 누는 가족들이 좋다
　　　　　　　　　　－「둥근 것에 대한 예찬」

　호박에 대한 연작시와 여타 시를 보면, 김시탁 시의
원형 중 하나가 둥근 것에 대한 DNA를 가지고 있다는
것이다. 가령 「둥근 것에 대한 예찬」에서 둥글게 생긴 여
자와 결혼해서 생산한 건 모두가 둥글다. 아내의 둥근
젖을 먹는 아이도 둥글고 둥근 밥상에 둥글게 밥 먹고
둥근 똥을 누는 가족들이 그렇다. 시 「호박1」의 여자는
현대 여성에게서는 찾아볼 수 없는 이미 까마득한 시절

의 여인상을 그리고 있다. 어떤 일이 있어도 집을 잘 지키고 도망가지 않는 여자는 요즘 세상에 보기 드문 일이다. 그러므로 가난과 설움에도 잠깐 들었다 놓는 듯한 엉덩이가 펑퍼짐한 여인이 슬프다. 그 슬픈 여인을 품에 안으면 둥근 호박은 부끄러워 자꾸만 이리저리 굴러간다. 해학적인 진술은 웃음을 자아내지만, 골이 깊고 속이 비어 있는 누렇게 얼굴이 뜬 늙은 여자와 해후하는 장면은 감동을 넘어 넉넉한 호박 속으로 몰입한다. 드디어 시 「호박3」을 만나면 호박과 하나가 된다. 이 시는 「들깨를 털며」와 연동되는데 일관되게 화자는 몸을 내어주고 회생함으로써 하나가 되면서 승화된다. 식물인 호박을 해체하는 과정은 동물적이며 야만에 가깝다. 그러나 야만을 통해 살과 뼈와 피와 눈물이 200도의 열기와 함께 녹아서 당신에게 간다. 아픈 당신을 향하여.

흐린 날 오후 논두렁에 퍼질러 앉아
농부가 마시던 막걸릿잔을 빨다가
낮술에 취해 벌러덩 논둑 밑으로
미끄러지는 바람을 보았다

포장마차 천막을 헤집고 들어가
생이 삐걱거리는 사람들과 목탁에 앉아
홍합국물을 훅훅 불어가며 잔을 부딪치다
술병을 안고 바닥을 뒹구는 바람을 보았다

길바닥에 오줌 누던 술꾼 하나가
바지춤 추스르고 돌아서다 전봇대에 이마를 받듯
비틀거리며 중앙선을 넘다가 화물트럭에 치여
괴성을 질러대는 바람을 보았다

근육 좋은 바람은 어깨를 걸고 다니다가
밤이 깊어지면 쥐 난 다리를 절룩이며 돌아와
낯선 집 걸어 잠근 대문 앞이나 후미진 골목에서
빈병처럼 뒹굴다가 노숙자처럼 잠들었다

새벽녘, 채 가시지 않은 술기운으로 일어나
마른기침을 토해내며 맨발로 걸어나가는
등이 넓어 떨림이 큰 철없는 사내 하나가
미루나무 가지 끝에다 축축한 생을 목매달고 있었다
　　　　　　　　　　　　－「술 취한 바람을 보았다」전문

　표제시「술 취한 바람을 보았다」는 바람을 의인화한 시
다. 근육질이며 남성을 표상하는 역동적인 바람이지만,
술을 동반하면서 미끄러지고 뒹굴고 비틀거리며 뒹굴다
가 잠드는, 그리고 축축한 생을 나뭇가지 끝에 생을 마
감하는 바람이다. 산업화 시대에서 현대사회로 이동하
는 동안 점점 왜소해져 가는 남자이며 초라한 아버지를
그리고 있다. 이미 신문과 매스컴을 장식하고 있는 가장
의 사회문제는 실업과 퇴직 등의 공포를 안고 집안에서

도 제대로 환영받지 못하는 젖은 낙엽 신세로 전락한다. 온종일 가족을 위해서 일하고 지친 심신을 술 한 잔으로 위로받는 한국 남자. 가족과 점점 멀어지고, 밑에서는 쳐올라오고, 위에서는 눌러오는 현장, 자꾸 외로워지는, 울고 싶어도 울 수 없는, 현시대의 남자상을 노골적으로 대변하면서 끝내는 연민을 자아내는 시다. 가장 강한 듯하지만, 약한 남자의 면모를 적나라하게 보여주고 있다. 화자의 시선은 삶의 현장에서는 가족을 위해 일하지만, 돌아오는 건 쓴 술잔과 자결이다. 드디어 왜소해진 남근은 목을 매는 걸로 종결한다.

이 시는 왜소한 현대 남자들의 자학과 자포자기로부터 빠져나오는 치료 효과로 작동한다. 인간에 대한 측은지심惻隱之心을 불러일으키며 나뭇가지 끝에서 자결한다. 그러나 끝이 아니다. 어쩌면 죽음을 가사화假死化하면서 다시 살아난다는 점이다. "새벽녘, 채 가시지 않은 술기운으로 일어나/ 마른기침을 토해내며 맨발로 걸어나가는/ 등이 넓어 떨림이 큰 철없는 사내 하나가/ 미루나무 가지 끝에다 축축한 생을 목매달고" 있는 것처럼, 끝에서 다시 생은 시작되고 있다.

개와 사람의 처지를 바꾸어서 재미있게 노래한 시「개의 처지에서 보면」을 읽는 재미도 쏠쏠하다. "한여름 땡볕에 사람들이 개를 몰고 간다/ 가스버너와 몽둥이를 들고 볼록한 배를 앞세우고/ 때려잡은 고기가 연하다고 히죽히죽/ 앞 이빨을 드러내며 강가로 몰려간다/ 개의 처지에서 보면 사람이 개다"처럼 시인은 거꾸로 보기와 함께 해학의 끈을 놓치지 않고, 독자를 끌어당긴다.

> "기도합시다/ 사제를 따라 성호를 긋고 눈감으면/ 뱀 한 마리 슬금슬금 기어 나온다/ 마음을 다잡아도 혓바닥을 날름거리며/ 기도를 잡아먹는 뱀을 어찌해볼 재간이 없다"
> −(중략)−
> "머리숱이 없는 교구장의 반구형모자는/ 어떻게 고정해 머리를 숙여도 떨어지지 않을까/ 성지순례 간다는데 버스 속에서 음주가무를 해야 하나/ 아침 출근길에 끼어든 운전사는 틀림없이 여자겠지/ 한 달째 항문에서 피가 나는데 치질일까"
>
> −「내 안에 사탄이 있다」 부분

「내 안에 사탄이 있다」를 보면, 시인은 거침이 없다. 절대적인 권위에 도전하는 건 고사하고 불경스러울 정도로 장난기 가득하다. 인간의 욕망을 마음껏 분출하면서도 의심은 장난스러운 호기심으로 발동한다. 웃음을 동반하면서도 솔직하고 때 묻지 않는 무구함이 있다. 그는 사탄의 존재를 인정한다. 자신 안의 사탄이 있으며 그것을 부정하고 누르면 누를수록 뱀 대가리처럼 불쑥 튀어나오는 욕망의 사탄을 직시한다. 하여 인간이란 존재는 나약하고 부도덕하고 불안정하다는 걸, 바로 자신을 향하여 채찍질한다. 항문에서 피가 나올 정도로 자신을 매몰차게 때린다. 성경에서 예수는 인간들의 속죄를 위하여 십자가에 못 박혀 보혈의 피를 흘렸다면, 세속의 시인은 부조리한 자신 안의 사탄과 정면으로 맞서며 항문에서 피를 흘리고 있다.

> 비는 직선으로 죽어 곡선이 되고
> 곡선은 강을 만들어 바다로 간다
> 바다는 자살한 것들을 모아
> 염을 하기 좋은 곳이다
>
> 세로로 쓴 유서에 죽죽
> 밑줄을 긋고 온종일 비가
> 동반자살 했다
>
> ─「비가 자살했다」 부분

동작의 연쇄작용을 따라 흐르는 비의 종착지는 바다. 시 「비가 자살했다」는 비의 원천인 물, 즉 생명이라는 근원적인 모태를 죽음으로 이끈다. 그러나 어머니 바다로 회귀하면서 되살아나는 생을 암시한다. 자결이나 자살이라는 죽음에 대한 저돌적이며 능동적인 자세를 천착하는 김시탁은 생명이 소멸하는 데까지 추적하면서도 늘 새로운 생을 암시하고 있다. 죽고 싶은 것은 더 강렬하게 살고 싶다는 속내를 드러내면서도 생生을 견인한다.

김시탁 시편들은 일관성 있게 잘 연결되어 있다. 이미지가 선명하고 직접적으로 다가오는 담백함으로 마치 흩어진 구슬을 잘 꿰어서 둥근 목걸이를 만들 듯 시의 집을 지었다. 한편, 왜소한 한국시단에 굵직한 남성의 목소리를 내는 동편제 소리를 들었다. 그의 미덕은 시와 사람이 하나 되는 대장부로서, 시인으로서 부족함이 없다는 것이다. 담대하고 담박한 시는 사邪가 설 자리 없이 스스로 던지면 시의 나무로 쑥쑥 자랄 거 같다.

김시탁은 몸을 아끼지 않는 시인이다. 이때 몸은 몸과 마음 그리고 언어의 집결로 봐야 한다. 그는 시를 쓰는데 있어 세 가지를 미련 없이 던지고 온몸으로 시에 투신한다. 선천적으로 풍부한 시의 성량을 타고난 그는, 굵직한 목소리와 함께 빈혈의 추억도 간직하고 있다. 그만큼 여리고 아린 감성도 두루두루 잘 갖추고 있다는 뜻이다. 어쩌면 동편제의 목소리 안에 실핏줄처럼 살아 움직이는 정조는 다시 태어날 시를 두근거리게 할 것이다.